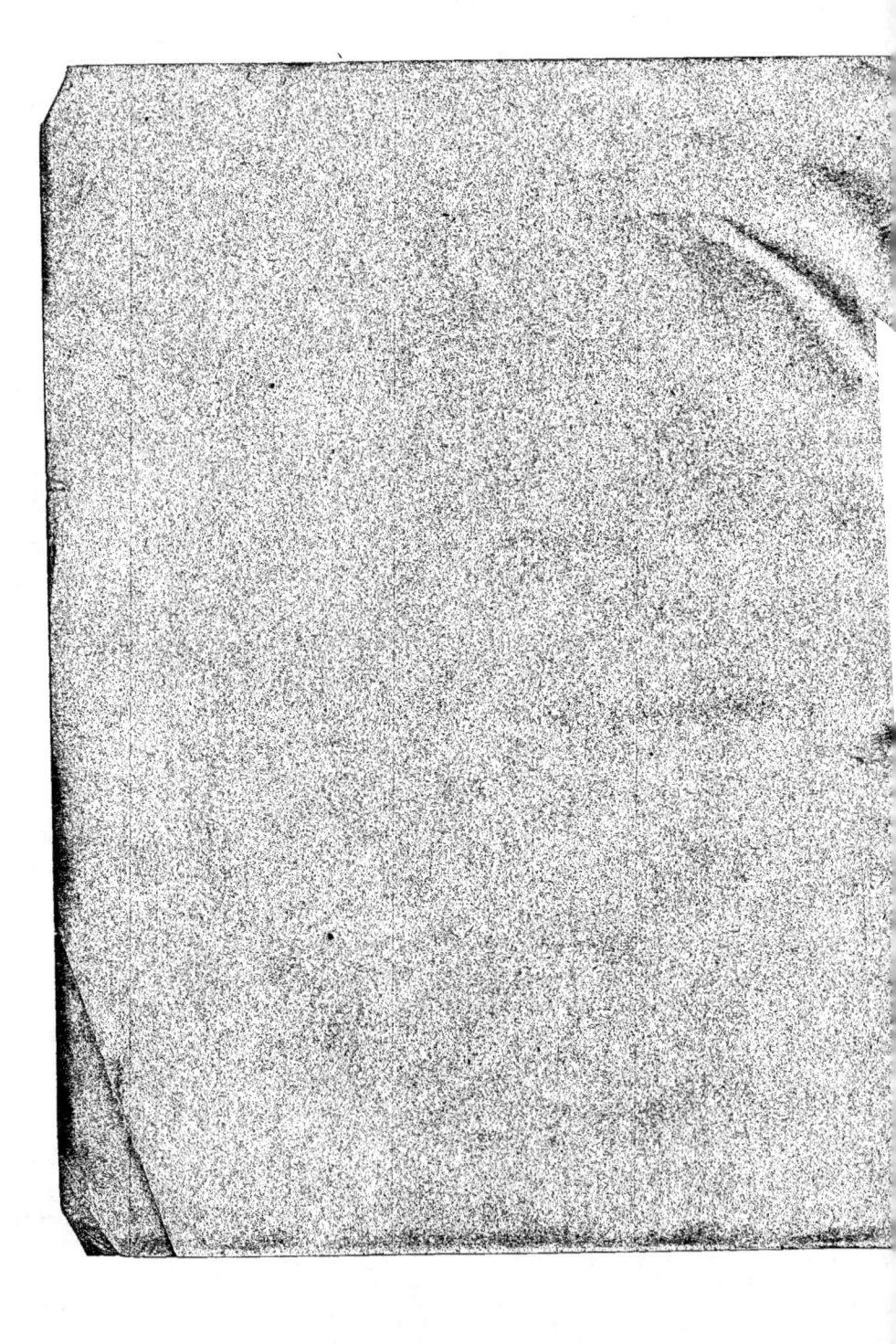

850

VOYAGES ET AVENTURES

DU BARON

DE

MÜNCHHAUSEN

ÉDITION ENFANTINE

ILLUSTRÉE

DE SEPT CHROMOLITHOGRAPHIES

PARIS

LIBRAIRIE FURNE

JOUVET ET Cᵀᴱ, ÉDITEURS

5, RUE PALATINE

M DCCC LXXXIII

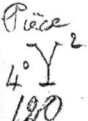

VOYAGES ET AVENTURES

DU

BARON DE MUNCHHAUSEN

Le baron de Münchhausen, chers petits lecteurs, a vécu il y a une centaine d'années ; ce qu'il a fait n'a jamais pu être reproduit par d'autres, et les choses extraordinaires qu'il prétend avoir vues ou accomplies méritent d'autant plus de vous être racontées qu'elles sont et seront toujours uniques dans leur genre.

Il était né dans un pays voisin de la Gascogne, malgré son nom de consonnance allemande, mais je vous engage, s'il réussit à vous amuser, de croire les plaisanteries et les farces qu'il va vous raconter, ne fût-ce que pour le récompenser des peines qu'il va prendre pour vous distraire un moment.

A la chasse, jamais il n'était embarrassé.

Un jour qu'il revenait de courre un cerf, son cheval, le brave Ajax, s'arrêta tout à coup devant un large ruisseau tout marécageux qu'il lui fallait franchir, le pont ayant été enlevé par une crue récente, occasionnée par les pluies d'automne.

Le baron rassemble les rênes, enfonce ses éperons dans les flancs de son coursier, s'élance, et jugeant, une fois à moitié route, la distance trop longue, tourne bride et retombe au point de départ; il lance de nouveau son cheval, le frappe d'un vigoureux coup de cravache... et tombe au milieu du ruisseau, où le poids du cavalier fait enfoncer le cheval dans la vase.

Ils vont périr tous deux quand Münchhausen a une inspiration du ciel : de la main gauche, car la droite maintenait Ajax, il se saisit par sa propre chevelure, serre fortement les cuisses et s'enlevant lui-même ainsi que sa monture d'une main ferme, il se débourbe et gagne facilement la rive.

Quand le baron manquait de munitions, il trouvait toujours quelque subterfuge pour y remédier.

Un jour, dans un petit étang, il aperçut une douzaine de canards sauvages qui prenaient leurs ébats, et semblaient si peu se soucier de lui qu'on les eût crus avertis de son manque de cartouches.

Vous eussiez, vous, ami lecteur, dans votre impuissance, admiré leurs

pp. 3

plongeons et écouté leur chant harmonieux ; Münchhausen, lui, tira de sa carnassière un morceau de lard destiné à son déjeuner, dévida la laisse de son chien, et y attacha le friand appât.

Un premier canard s'approcha et avala vite l'onctueux morceau de lard ; les autres accoururent derrière le premier, car il n'avait fait que traverser le volatile dans toute sa longueur, et se disputèrent à qui mieux mieux la dangereuse ficelle. Bref, ils se trouvèrent tous enfilés comme des perles, et le baron, nouant les deux bouts de l'appétissant cordon, se le passa autour du corps comme le veneur fait d'une trompe de chasse.

Bientôt les canards, qui étaient encore tous vivants, revinrent peu à peu de leur étourdissement, et se mirent à si bien battre de l'aile qu'ils s'élevèrent dans les airs avec le baron.

Il ne perdit pas la tête ; et se servant des basques de son habit comme d'un gouvernail, il se dirigea vers sa maison. Quand il se vit au-dessus d'une des cheminées, il tordit successivement le cou à ses canards et descendit tout doucement jusqu'au foyer de sa chambre à coucher, où, par bonheur, le feu n'était pas allumé.

Quand la pierre à fusil lui manquait, Münchhausen remplissait de poudre le bassinet de son arme, mettait en joue avec soin le gibier qu'il voulait tuer, et se frappait l'œil d'un si vigoureux coup de poing que les étincelles en jaillissaient et enflammaient la poudre.

Le fait n'est pas étonnant, car certaines personnes, sous l'impression d'un choc, ont vu, sans qu'elles puissent en affirmer le nombre, jusqu'à trente-cinq ou trente-six chandelles. Du moins la tradition en fait foi.

Un jour qu'il n'avait plus de plomb, ayant fait une guerre formidable au gibier, il chargea son fusil à poudre seulement et y enfonça sa baguette en guise de projectile. Une compagnie de perdreaux lui part d'un guéret entre les guêtres, il tire, mais les malheureux oiseaux étaient disposés d'une si singulière manière que sept d'entre eux furent embrochés.

Ce succès l'engagea à charger son fusil de toutes sortes de façons : une fois, c'est un clou qu'il met dans son arme et tire si heureusement sur un renard qu'il le fixe par la queue le long d'un arbre. Avec son couteau il fend la gueule du renard, dévide son fouet et frappe l'animal, jusqu'à ce que, fou de terreur et de souffrance, il laisse sa peau intacte et s'en échappe.

Une autre fois, c'est un cerf qu'il a devant son fusil, dans lequel faute de balles il glisse quelques noyaux de cerises. Le baron vise entre les bois et tire..... le cerf disparaît dans la forêt.

Mais, chose étrange! un an après, se promenant dans les mêmes parages, il voit venir, se dirigeant avec peine à travers les arbres, un cerf portant au milieu du front un cerisier chargé de fruits mûrs. Münchhausen se souvint alors de son expédient de la précédente année, et comprit l'événement. Ayant tué l'animal, il put faire servir à un dîner d'apparat fruits et venaison tirant la même origine.

Disciples de Saint-Hubert, qui de vous peut se vanter d'avoir jamais vu pareille chose?

Le fait suivant, le même jour, lui parut pendant quelques moments mystérieux, mais ne tarda pas à le faire bien rire.

Il vit passer un marcassin, suivi immédiatement d'une vieille laie. Le baron ajuste, tire, et tandis que le marcassin s'enfuit au galop, la pauvre laie s'arrête et reste immobile. Phénomène étrange et bien explicable cependant, car la vieille laie était aveugle et tenait entre ses dents la queue de son guide naturel, le marcassin; or la balle du baron ayant coupé cette queue conductrice, le pauvre vieil animal ne savait plus comment se diriger.

Münchhausen eut pitié de son embarras, et, saisissant le petit bout de queue, il conduisit la laie à la cuisine, où l'hospitalité lui fut cordialement offerte, la dernière, hélas! qu'elle eût reçue.

Peu de temps après, le baron se rendit en Russie pour faire la campagne contre les Turcs, et il eut l'honneur de dîner en face d'un célèbre général dont le bras portait constamment à ses lèvres des verres remplis de tokay. Avec ce qu'il buvait, il y avait de quoi griser un corps d'armée entier : il ne semblait pas toutefois être incommodé, et le seul signe de malaise qu'il donnât était de temps en temps de soulever sa lourde coiffure d'ordonnance.

Or savez-vous, amis lecteurs, quelle était la raison de ce geste fréquent? C'était d'ouvrir la soupape aux fumées du tokay qui lui montaient au cerveau; ayant eu en effet le sommet du crâne enlevé par un éclat d'obus, il l'avait fait remplacer par une mobile plaque d'argent à charnière.

Münchhausen ne voulait pas ajouter foi à une pareille histoire, mais un ami du général se plaça auprès de lui, et au moment où il se donnait un peu d'air, glissa entre le casque et la tête une allumette enflammée. L'on vit alors les vapeurs prendre feu et la tête du vieux guerrier flamber comme un punch.

Pendant son séjour à Varsovie, le baron prit part à une grande chasse pendant laquelle il eut le malheur de tomber et de casser son fusil tout près de la crosse. Ainsi désarmé, il rentrait chez lui, quand il vit se dresser

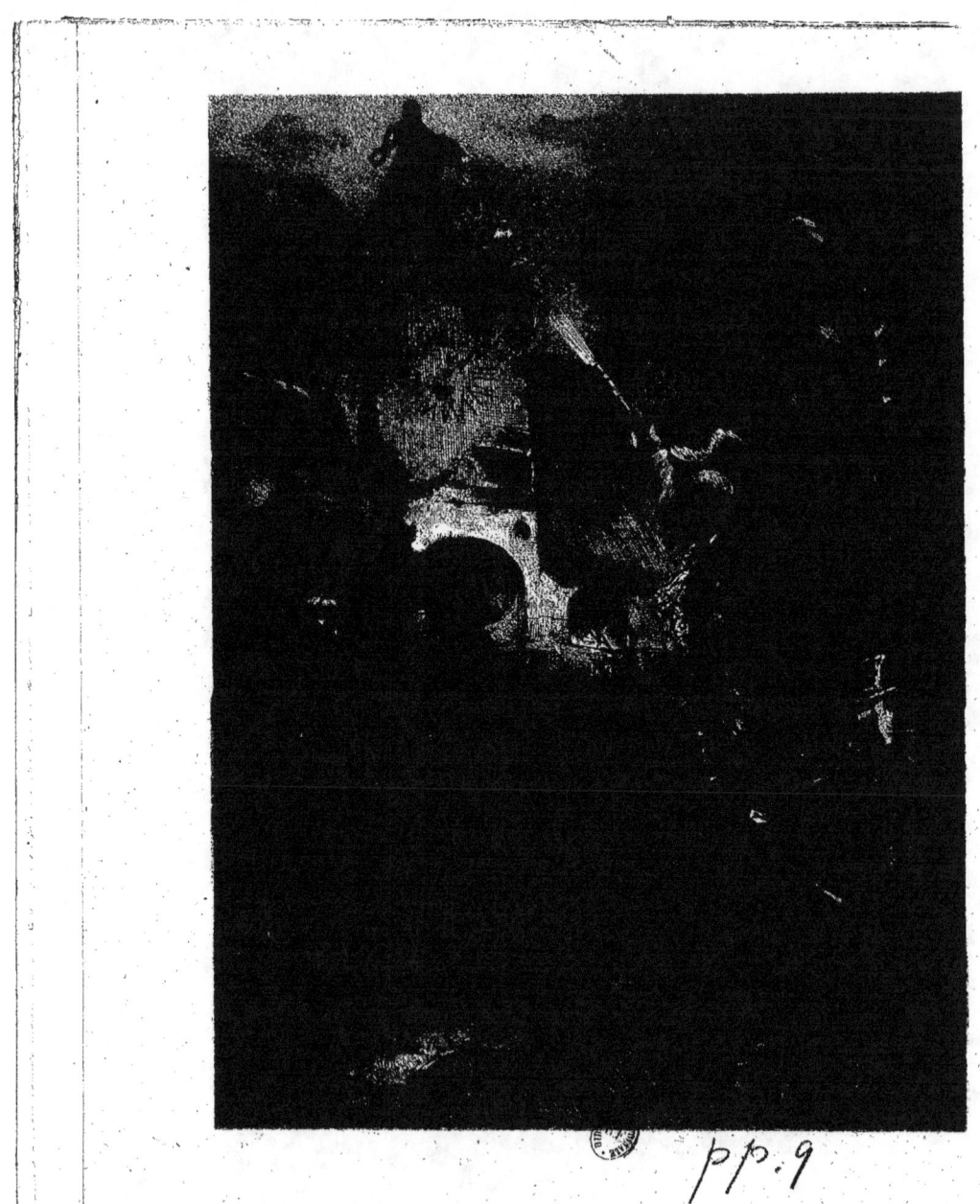

devant ses yeux un ours énorme, ses redoutables pattes étendues, et la gueule ouverte déjà pour le dévorer.

Avec une présence d'esprit et un sang-froid admirables, Münchhausen arracha de son fusil les deux silex et en lança un si heureusement dans la gueule de l'animal, qu'il disparut par la gorge. L'ours, sous l'impression de la douleur, se retourna brusquement, au moment où le baron lançait le deuxième caillou, qui s'engagea dans l'animal par le côté opposé où le premier était entré. Qu'arriva-t-il alors? Les deux pierres envoyées si vigoureusement se rencontrèrent, firent feu, et avec une détonation effroyable, l'ours éclata en morceaux.

Münchhausen, continuant son voyage vers le nord, fut surpris par la nuit dans un pays couvert de neige, dont il ne connaissait pas les routes.

Harrassé, n'en pouvant plus, il se décida à descendre de cheval, attacha sa bête à une sorte de pointe d'arbre qui surgissait de la neige, plaça, par prudence, ses pistolets à son chevet et fit un si bon somme qu'il faisait grand jour quand il se réveilla.

Quel fut son étonnement de se trouver dans un cimetière! Au premier moment il ne vit pas son cheval, mais après quelques instants, il entendit hennir au-dessus de lui. Il leva la tête et se convainquit que sa bête était suspendue au coq du clocher.

2

Immédiatement il comprit que, la veille, le village était couvert par la neige et que, dans la nuit, le temps s'étant subitement radouci, la neige en fondant l'avait descendu tout doucement jusque sur le sol. Dans l'obscurité, ce qu'il avait pris pour une pointe d'arbre n'était autre chose que le coq du clocher; aussi, sans s'embarrasser davantage, il prit un de ses pistolets, visa la bride, et tira si adroitement qu'il rentra par ce moyen en possession de son cheval et put continuer son voyage.

Pendant l'hiver, il se trouvait chez un de ses amis dans un magnifique château de la Lithuanie.

Un soir, on venait de terminer le dîner, et l'on était assis autour de la table à deviser en prenant le café quand un palefrenier vint informer le baron qu'un jeune étalon, nouveau dans l'écurie, était à ce point fougueux et indocile que personne ne pouvait le monter. Münchhausen est un remarquable cavalier : d'un bond il saute en selle et au bout d'une minute le cheval était dompté.

Le baron lui fit enjamber la fenêtre, saluer les dames, monter sur la table et exécuter des exercices de haute école, au milieu des flacons et des tasses.

Sur la route de Saint-Pétersbourg, Münchhausen fut attaqué par un loup affamé. Comme il était sans armes, il lui enfonça le poing dans la gueule ouverte, jusqu'aux entrailles, et pendant que l'animal hurlait de douleur, il le retourna comme un gant.

Le baron prétendait pouvoir traiter de même manière tous les animaux, mais un jour il se trouva en présence d'un chien enragé. Il renonça sur-le-champ à toute lutte et ne pensa qu'à fuir. Pour courir plus facilement, il jeta son manteau sur l'animal furieux qui se rua dessus et le mordit avec rage. Le chien fut assommé et Münchhausen rentra en possession de son vêtement tant soit peu endommagé.

Le lendemain les cris du domestique éveillèrent le baron en sursaut.

« Qu'y a-t-il, imbécile, et pourquoi pousses-tu ces cris de détresse, on croirait que le feu est à la maison !

— Monsieur le baron, votre manteau est enragé, il se jette sur les autres habits et les met en pièces ! »

Münchhausen se leva à la hâte et arriva juste au moment où le furibond se ruait sur un bel habit de gala tout neuf, et le secouait, et le dépeçait de la façon la plus impitoyable.

Il n'eut que le temps de prendre un pistolet et lui envoya une balle qui mit fin au tumulte, puis il fit brûler toute sa garde-robe.

Un jour que Münchhausen voyageait en traîneau dans les steppes de la Russie, il fut poursuivi par un loup que la faim chassait hors de la forêt. Au moment où il allait être atteint, il se blottit au fond du traîneau, et le loup l'ayant franchi tomba sur l'arrière-train du pauvre cheval qu'il se mit à dévorer.

Plus le loup mangeait, plus le cheval courait vite. Le baron donna, à bras raccourcis, des coups de fouet au loup pour le faire avancer, si bien que le cadavre du cheval étant tombé à terre, le féroce animal se trouva si bien engagé dans les harnais que Münchhausen fit en cet équipage son entrée dans Saint-Pétersbourg. L'aventure fit à ce point rire l'Empereur qu'il nomma aussitôt le baron commandant en chef d'un corps de hussards.

C'est avec ces troupes d'élite qu'il fit une reconnaissance autour de la forteresse d'Orczakow, et qu'il ramena l'épée dans les reins les Turcs qui avaient voulu sortir de la ville.

Sa valeur était telle qu'ayant chargé seul sur les derrières de l'armée vaincue, il l'avait fait sortir par la porte opposée.

Revenant alors jusqu'à la place pour y faire sonner le rassemblement, quel ne fut pas son étonnement en ne voyant autour de lui ni trompette ni aucun de ses hussards. Ils ne pouvaient pourtant être loin et ne devaient point tarder à le rejoindre.

p p. 13

En attendant il mena son cheval lithuanien à la fontaine qui occupait le milieu de la place, pour l'abreuver. L'animal se mit à boire d'une façon inconcevable, sans que cela parût le désaltérer.

Le baron eut bientôt l'explication de ce phénomène singulier, car, se retournant, en même temps qu'il vit accourir un gros de ses cavaliers, il s'aperçut que tout l'arrière-train de son cheval était absent et coupé net.

L'eau s'écoulait par derrière à mesure qu'elle entrait par devant, sans que la bête en conservât rien.

Comment cela était-il arrivé? Münchhausen s'en rendit compte, lorsqu'il vit son ordonnance venir à lui en portant dans ses bras l'arrière-train de son brave lithuanien. Ce hussard expliqua qu'au moment où le baron s'était jeté pêle-mêle au milieu des fuyards, on avait laissé retomber la herse de la porte qui avait tranché net l'arrière-train de son cheval.

Sans perdre de temps il manda le vétérinaire en chef de son régiment, qui rajusta si bien les deux portions de son coursier au moyen de rameaux de laurier qui se trouvaient là, qu'elles se resoudèrent sur-le-champ.

Ensuite, chose surprenante! les branches prirent racine dans la chair de l'animal, poussèrent et formèrent autour du valeureux cavalier comme un berceau de verdure à l'ombre duquel il accomplit plus d'une action d'éclat.

Emmené prisonnier à Constantinople, Münchhausen fut préposé à la garde des abeilles dans les jardins du sultan. Il était chargé de les promener tout le jour et de les ramener le soir à leur ruche.

Un soir il lui manqua une abeille, mais il reconnut aussitôt qu'elle avait été attaquée par un ours qui voulait la mettre en pièces pour lui voler son miel. Il brandit alors la hachette d'argent, qui est le signe des jardiniers du sultan, et la lança si vigoureusement contre le voleur qu'après l'avoir effrayé et mis en fuite, elle alla tomber dans la lune et s'y ficha profondément. Comment ravoir le précieux insigne? Il se souvint alors d'un haricot d'Espagne qu'on lui avait donné et qui croît très rapidement et à une hauteur extraordinaire. Il le planta immédiatement : aussitôt le haricot de germer et de pousser de façon à aller lui-même contourner sa pointe autour d'une des cornes de la lune. Münchhausen grimpa lestement vers l'astre, y arriva sans encombre, chercha sa hachette, qu'il trouva près d'un tas de paille, et se disposa au retour.

Malheureusement la chaleur avait flétri la tige du haricot.

L'intrépide baron tressa une corde avec les brins de paille qu'il avait sous la main, l'attacha par un bout à l'une des cornes de la lune et se laissa glisser. Quand il fut arrivé à l'extrémité de la corde, il la coupa le plus haut possible au-dessus de sa tête, et la rattacha au-dessous de ses pieds ; il atteignit ainsi assez rapidement la terre, ayant renouvelé très souvent ce dangereux manège.

Instruit par cette expérience, Münchhausen trouva un meilleur moyen de se débarrasser de l'ours qui en voulait à ses abeilles et à ses ruches. Il enduisit de miel le timon d'un chariot et se plaça non loin de là en embuscade. Maître Ours, attiré par l'odeur du miel, arriva et se mit à lécher si avidement le bout du timon qu'il l'avala, poussant toujours plus avant, et s'embrocha tout à fait.

Notre chasseur accourut alors et enfonça un pieu au bout du timon ; le voleur fut pris au piège, et, dans cette posture, fit bien rire le sultan qui le vit le lendemain en faisant sa promenade.

Peu de temps après, la paix fut signée entre les Turcs et les Russes : les prisonniers furent libérés et Münchhausen regagna en poste Saint-Pétersbourg, son lithuanien étant resté en Turquie.

Or il advint que se trouvant engagé dans un chemin creux bordé de haies élevées, il dit à son postillon de sonner du cor pour empêcher une autre berline de s'engager par l'autre bout du chemin. Le pauvre diable eut beau souffler, aucun son ne sortit de son instrument.

Enfin on arriva sans encombre à l'auberge ; le postillon accrocha son cor à un clou dans la cheminée et on se mit à table. Tout à coup, *Tarata,*

tarata, tata, tata, voilà le cor qui se met à jouer tout seul. C'est que les notes s'étaient gelées et que, sous l'influence de la chaleur, elles sortaient claires et suaves de l'instrument qui, tout seul, fit d'excellente musique pendant une grande demi-heure.

Pendant ce même voyage, Münchhausen vint à passer ce grand courant chaud qu'on appelle le Gulfstream, et il put se convaincre que la température de l'eau était telle, que les poissons y nageaient tout cuits comme dans un vaste court-bouillon ; on n'avait qu'à les pêcher et à les manger sans autre préparation culinaire.

Dans les parages de l'île de Ceylan, la chaleur était si grande que Münchhausen s'étendit au bord d'une rivière pour y faire la sieste. Tout à coup un rugissement le réveille en sursaut ; il se dresse sur son séant et se trouve en présence d'un énorme lion qui s'élançait vers lui pour le dévorer.

En-même temps il entendait derrière lui le sifflement strident d'un crocodile.

Il se jeta de côté et attendit la mort.

La divine Providence lui vint en aide et le délivra miraculeusement de ses deux redoutables ennemis. Le lion, dans son élan, alla donner de la tête dans la gueule formidable du crocodile ouverte pour engloutir l'infortuné baron, et s'y engagea si profondément que les deux monstres expirèrent étouffés l'un par l'autre.

Entre l'Amérique et l'Afrique, le navire qui portait le baron heurta si fortement un énorme monstre marin, que tout l'équipage croyait avoir touché contre des récifs. La commotion avait été si violente que tout le monde fut projeté contre le plafond.

La tête de Münchhausen fut renfoncée et incrustée jusque dans sa poitrine, et ce n'est que plusieurs mois plus tard qu'elle put reprendre sa position normale.

Pendant un voyage en Perse, Münchhausen eut occasion de rendre au schah un signalé service.

Le puissant souverain aimait à contempler les astres; et entre tous, la lune était celui dont l'éclat le charmait surtout.

Un jour d'éclipse le schah apercevant la lune à moitié cachée s'imagina qu'elle était rouillée : il enjoignit à Münchhausen de la faire descendre par ses serviteurs, et, la croyant ternie par le temps et l'humidité, de la fourbir à neuf, tout comme on eût pu faire d'une vieille casserole.

Le baron ne fut pas décontenancé par cet ordre étrange.

Il constitua aussitôt trois compagnies de pileurs de sable, de cent hommes chacune, et trois compagnies de tamiseurs. Ces six cents hommes étaient destinés à préparer du sable très fin pour nettoyer et polir la lune.

Puis il fit réunir les plus habiles charpentiers de Schiras et leur fit construire, d'après ses dessins et ses conseils, une admirable machine pour décrocher et descendre la lune.

Tout réussit à merveille.

Pendant que Münchhausen, fumant sa pipe, surveillait le travail, l'astre fut doucement amené, gratté, frotté, nettoyé, poli et repoli, puis remonté sans secousse et replacé sans le moindre accident.

Le baron fut comblé de présents par le souverain, qui, depuis ce temps, fait exécuter tous les mois dans ses États ce merveilleux travail.

Münchhausen aimait à raconter une aventure qui lui fit, dans le temps, grand honneur auprès de ses compagnons d'armes. Laissons-lui la parole, dont il se sert d'ailleurs fort bien.

« Nous faisions le siège d'une forteresse dont j'ai oublié le nom, et il était de la plus haute importance pour le feld-maréchal de savoir ce qui se passait dans la place : il paraissait impossible d'y pénétrer, car il eût fallu se faire jour à travers les avant-postes, les grand'gardes et les ouvrages avancés ; personne n'osait se charger d'une pareille entreprise.

« Un peu trop confiant peut-être dans mon courage et emporté par mon zèle, j'allai me placer près d'un de nos gros canons, et, au moment où le coup partait, je m'élançai sur le boulet, dans le but de pénétrer par ce moyen dans la ville; mais lorsque je fus à moitié route, la réflexion me vint :

« — Hum ! pensai-je, aller, c'est bien, mais comment revenir ? Que va-t-il t'arriver une fois dans la place ? On te traitera en espion et on te pendra au premier arbre : ce n'est pas une fin digne de Münchhausen !

« Ayant fait cette réflexion, suivie de plusieurs autres du même genre, j'aperçus un boulet, dirigé de la forteresse contre notre camp, qui passait à quelques pas de moi ; je sautai dessus, et je revins au milieu des miens, sans avoir, il est vrai, accompli mon projet, mais du moins entièrement sain et sauf.

« Si j'étais leste à la voltige, mon brave cheval ne l'était pas moins. Haies ni fossés, rien ne l'arrêtait, il allait toujours droit devant lui.

« Un jour, un lièvre que je poursuivais coupa la grande route ; en ce moment même, une voiture où se trouvaient deux belles dames vint me séparer du gibier. Mon cheval passa si rapidement et si légèrement à travers la voiture, dont les glaces étaient baissées, que j'eus à peine le temps de retirer ma casquette et de prier ces dames de m'excuser de la liberté grande. »

La reine Marie-Thérèse envoya un jour Münchhausen en mission extraordinaire auprès du Grand-Seigneur ou Sultan, à Constantinople. Le grand vizir lui fit savoir dès son arrivée que le Commandeur des croyants désirait recevoir immédiatement l'ambassadeur de la puissante reine. Quand le baron se fut présenté au palais pour soumettre ses lettres de créance, et qu'il eût été introduit dans la salle d'audience, le Trucheman, assisté du grand vizir, prit la parole pour présenter Münchhausen au Sultan.

Il avait à peine prononcé quelques mots que le Grand-Seigneur l'interrompit :

« Hé mais ! par ma barbe ! Nous sommes de vieilles connaissances et de bons amis, Münchhausen. Point n'est besoin de Trucheman, asseyez-vous près de moi et causons.

— Tant que vous voudrez, sire, mais si vous le voulez bien, ne rappelons pas le passé, car, heureusement pour moi, les circonstances sont bien changées, depuis que j'eus le grand honneur de vous voir pour la première fois. » Sa Hautesse voulut bien sourire de cette allusion à nos précédentes relations.

Voici une série d'aventures si extraordinaires qu'il nous faut de nouveau céder la parole à l'illustre baron, qui en fut, dit-il, le héros ; nous ne voulons point les raconter nous-même, désirant à tout prix, pour n'être point taxé de mensonge, lui laisser toute la responsabilité de ses récits.

« Le Grand-Seigneur m'envoya un jour au Caire pour une mission de la plus haute importance, et qui devait être accomplie secrètement.

« Me trouvant, avec ma suite, à quelques milles à peine de Constantinople, j'aperçus un homme d'aspect malingre qui courait avec une extrême rapidité, bien qu'il portât à chaque pied une masse de plomb pesant environ 50 livres.

« Saisi d'étonnement, je l'appelai et lui dis : « — Où vas-tu si vite, mon ami, et pourquoi t'alourdir d'un tel poids ?

« — J'ai quitté Vienne il y a une heure, pour me promener, et n'ayant pas besoin de ma célérité, je l'ai modérée au moyen de ces poids. » Ce garçon me plaisait. Je lui demandai s'il voulait entrer à mon service, et il accepta aussitôt.

« Un peu plus loin, j'avisai, non loin de la route, un individu étendu immobile sur une pelouse, l'oreille collée contre terre.

« — Qu'écoutes-tu donc ainsi, mon ami, lui criai-je.

« — J'écoute pousser l'herbe, pour passer le temps, répliqua-t-il.

« — Et tu l'entends pousser?

« — Parfaitement. »

« Je le priai d'entrer à mon service : il se leva et me suivit.

« Non loin de là je vis sur une colline un chasseur qui ajustait son fusil et qui tirait dans le bleu du ciel. « — Sur quoi donc tires-tu, lui criai-je?

« — Sur la flèche de la cathédrale de Strasbourg, où il y avait un moineau que je viens d'abattre. »

« En ma qualité d'amateur de chasse, je lui sautai au cou et je n'épargnai rien, cela va de soi, pour le prendre à mon service.

« En passant au pied du mont Liban, nous aperçûmes un homme court et trapu, attelé à une corde qui enveloppait toute la forêt. « — Qu'est-ce que tu tires là, mon ami? demandai-je à ce drôle.

« — J'étais venu pour couper du bois de construction et, comme j'ai oublié ma hache à la maison, je tâche de me tirer d'affaires le mieux que je puis. »

« En disant cela, il abattit d'un seul coup toute la forêt, qui mesurait bien un mille carré. J'eusse sacrifié mon traitement d'ambassadeur plutôt que de laisser échapper ce gaillard-là.

« Au moment où nous mîmes le pied sur le territoire égyptien, il s'éleva un si formidable ouragan que je faillis être enlevé avec tous mes équipages.

« A gauche de la route, sept moulins tournaient aussi vite que le rouet de la plus active fileuse. J'aperçus alors un grand gaillard qui se bouchait une narine. Quand il vit notre détresse, il se tourna vers nous et se découvrit respectueusement. Le vent cessa aussitôt : « — Hé, drôle, qu'est cela? as-tu le diable au corps?

« — Excusez-moi, Excellence, répondit-il ; je fais un peu de vent pour mon maître le meunier; de peur de faire tourner ses moulins trop vite, je m'étais bouché une narine. »

« Parbleu, pensai-je, voilà un précieux sujet. Nous conclûmes un marché, le souffleur quitta ses moulins et me suivit.

« Nous parvînmes ainsi jusqu'au Caire où j'exécutai ma mission à la satisfaction de tous, et après un séjour de six semaines je partis pour Alexandrie, où je m'embarquai pour Constantinople. Je fus reçu avec une distinction particulièrement gracieuse par le Grand-Seigneur qui me combla de présents.

« Depuis mon retour d'Égypte, je faisais la pluie et le beau temps chez le Sultan. Sa Hautesse ne pouvait vivre sans moi et me priait tous les jours à dîner et à souper chez elle.

« Quoique le Coran défende aux musulmans l'usage du vin, on en servit ; en dépit de la loi sainte, le Commandeur des croyants s'entendait fort bien à vider une bouteille.

« Un jour, après le départ de tous les dignitaires, le Grand-Seigneur ouvrit une armoire et en tira un flacon :

« — Münchhausen, vous qui êtes connaisseur, voici une bouteille de tokai, la seule que je possède, et je suis sûr que, de votre vie, vous n'en avez jamais goûté de meilleur. » Il remplit deux verres et nous y goûtâmes.

« — Ce petit vin est bon, répondis-je, mais j'en ai bu de bien meilleur à Vienne, chez l'auguste empereur Charles VI. Si vous voulez bien le permettre, d'ici à une heure, je vous procurerai une bouteille de tokai, tirée de la cave impériale de Vienne et qui aura un autre fumet et un autre goût que celle-ci !

« — Münchhausen, mon ami, vous voulez vous moquer de moi ! Je n'aime ni les hâbleries ni les hâbleurs, sachez-le !

« — Je tiens le pari, et l'enjeu est ma propre tête qui n'est certes pas une citrouille !

« — Et moi, si vous gagnez ce pari, je m'engage à vous laisser prendre dans mon trésor autant de richesses que l'homme le plus fort en pourra porter. »

« Je rédigeai séance tenante un pressant billet pour la reine Marie-Thé-rèse, dans lequel je la suppliais de remettre à mon courrier une bouteille du fameux vin, et je le remis à mon coureur, qui détacha ses poids et se mit immédiatement en route pour Vienne.

« L'aiguille de l'horloge marquait la cinquante-cinquième minute depuis le départ de mon coureur qu'il n'avait pas encore paru ; la figure de sa Hautesse prenait une expression menaçante. J'envoyai chercher immédiatement mon écouteur et mon tireur.

« Ils arrivèrent aussitôt; mon écouteur se coucha à terre, et m'an-nonça, à mon grand dépit, que le drôle se trouvait fort loin de là profondément endormi et ronflant de tous ses poumons.

« Dès que mon tireur apprit cela, il monta sur un tertre pour mieux voir et s'écria : « Sur mon âme, je le vois, le paresseux, avec la bouteille auprès de lui. Attendez, je vais le chatouiller un peu. » En même temps il ajusta sa carabine et envoya sa charge en plein dans le feuillage de l'arbre.

« Une grêle de glands, de branches et de feuilles s'abattit sur le dormeur, qui se leva, reprit sa course, et arriva au cabinet du sultan avec la bouteille de tokai et un billet autographe de Marie-Thérèse. A ce moment la pendule sonna.

« Après avoir goûté au précieux vin : « Il faut, dit le sultan, que je paye ma gageure. — Écoute, dit-il au trésorier, tu laisseras mon ami Münchhausen prendre dans mon trésor autant d'or, de perles et de pierres précieuses que l'homme le plus fort en pourra porter. Va ! » Le trésorier s'inclina et je sortis avec lui.

« Immédiatement je fis chercher mon homme fort pour exécuter l'ordre que le sultan avait donné en ma faveur. Il vint, sa grosse corde de chanvre à la main ; nous entrâmes ensemble au trésor, et quand nous en ressortîmes il n'y restait plus grand'chose. Je courus immédiatement au port, affrétai le plus grand bâtiment que je pus trouver, et m'étant embarqué avec mes gens, je fis lever l'ancre et mettre à la voile.

« En voyant le vide du trésor, le trésorier courut chez le sultan et lui annonça comment j'avais profité de sa libéralité. Sa Hautesse donna immédiatement l'ordre au grand-amiral de me poursuivre avec toute la flotte et de me faire comprendre qu'elle n'avait pas compris la gageure de cette façon.

« Quand j'aperçus la flotte venant à nos trousses toutes voiles dehors, je sentis ma tête s'ébranler sur mes épaules.

« Mais mon souffleur était là ; il se posta à l'arrière du navire, de façon à avoir une de ses narines dirigée sur la flotte turque et l'autre sur nos voiles ; puis il se mit à souffler avec une telle violence que la flotte fut refoulée en désordre dans le port et que mon navire atteignit en quelques heures les côtes d'Italie.

« En quittant Brindisi, je me dirigeai vers Rome ; mais sur le territoire de Lorette des brigands me dépouillèrent de mon trésor et m'eussent tué si je ne les eusse mis en déroute avec la fronde de David, que j'avais héritée de mon père. J'étais ruiné, mais j'avais la vie sauve.

« Au sujet de cette fronde qui servit à David pour tuer Goliath, et de mon père dont le nom paraît pour la première fois sous ma plume depuis le commencement de ce récit, permettez-moi, chers petits lecteurs, de terminer le récit de mes aventures en donnant la parole à ce digne vieillard, pour vous raconter l'anecdote suivante dont personne ne révoquera en doute la véracité.

« Dans l'un des nombreux séjours que je fis en Angleterre, me disait-il, je me promenais une fois sur le bord de la mer non loin de Harwick.

« Tout d'un coup voilà un cheval marin qui s'élance furieux contre moi. Je n'avais pour toute arme que ma fronde, avec laquelle je lui envoyai deux galets si adroitement lancés que je lui crevai les deux yeux. Je lui sautai immédiatement sur le dos et le dirigeai vers la mer : car, en perdant les yeux, il avait perdu toute férocité, et se laissait mener comme un mouton.

« Je lui passai ma fronde dans la bouche en guise de bride, et le poussai au large.

« En moins de trois heures nous eûmes atteint le rivage opposé : nous avions fait trente milles dans ce court espace de temps. A Helvoetsluys je vendis ma monture moyennant sept cents ducats à l'hôte des Trois-Coupes, qui montra cette bête extraordinaire pour de l'argent et s'en fit un joli revenu. — On peut en voir la description dans Buffon. — Mais si singulière que fût cette façon de voyager, ajoutait mon père, les observations et les découvertes qu'elle me permit de faire sont encore plus extraordinaires.

« L'animal sur le dos duquel j'étais assis ne nageait pas : il courait avec une incroyable rapidité sur le fond de la mer, chassant devant lui des millions de poissons tout différents de ceux qu'on a l'habitude de voir : quelques-uns avaient la tête au milieu du corps, d'autres au bout de la queue ; d'autres étaient rangés en cercle et chantaient des chœurs d'une beauté inexprimable ; d'autres construisaient avec l'eau des

p /0. 28

édifices transparents, entourés de colonnes gigantesques dans lesquelles ondulait une matière fluide et éclatante comme la flamme la plus pure.

« Les chambres de ces édifices offraient toutes les commodités désirables aux poissons de distinction : quelques-unes étaient aménagées pour la conservation des vivres ; une suite de salles spacieuses était consacrée à l'éducation des jeunes poissons. La méthode d'enseignement, — autant que j'en pus juger par mes yeux, car les paroles étaient aussi inintelligibles pour moi que le chant des oiseaux ou le dialogue des grillons, — cette méthode me semble présenter tant de rapports avec celle employée de notre temps dans les établissements philanthropiques, que je suis persuadé qu'un de ces théoriciens a fait un voyage analogue au mien, et pêché ses idées dans l'eau, plutôt que les avoir attrapées dans l'air.

« Du reste, de ce que je viens de vous dire vous pouvez conclure qu'il reste encore au monde un vaste champ ouvert à l'exploitation et à l'observation.

« Mais je reprends mon récit. »

« Entre autres incidents de voyage, je passai sur une immense chaîne de montagnes, aussi élevée, pour le moins, que les Alpes. Une foule de grands arbres d'essences variées s'accrochaient aux flancs des rochers.

« Sur ces arbres poussaient des homards, des écrevisses, des huîtres, des moules, des colimaçons de mer, dont quelques-uns si monstrueux qu'un seul eût suffi à la charge d'un chariot, et le plus petit écrasé un portefaix.

« Toutes les pièces de cette espèce qui échouent sur nos rivages et qu'on vend dans nos marchés ne sont que de la misère, que l'eau enlève des branches, tout comme le vent fait tomber des arbres le menu fruit. Les arbres à homards me parurent les mieux fournis : mais ceux à crabes et à huîtres étaient les plus gros. Les petits colimaçons de mer poussent sur des espèces de buissons qui se trouvent presque toujours au pied des arbres à tourteaux, et les enveloppent comme fait le lierre sur le chêne.

« Je remarquai aussi le singulier phénomène produit par un navire naufragé.

« Il avait, à ce qu'il me sembla, donné contre un rocher dont la pointe était à peine à trois toises au-dessous de l'eau, et en coulant bas s'était couché sur le côté. Il était descendu sur un arbre à homards et en avait détaché quelques fruits, lesquels étaient tombés sur un arbre à crabes placé plus bas. Comme la chose se passait au printemps et que les homards étaient tout jeunes, ils s'unirent aux crabes; il en résulta un fruit qui tenait des deux espèces à la fois. Je voulus, pour la rareté du fait, en cueillir un sujet, mais ce poids m'aurait fort embarrassé, et puis mon Pégase ne voulait pas s'arrêter.

« J'étais à peu près à moitié route, et me trouvais dans une vallée située à cinq cents toises au moins au-dessous de la surface de la mer : je commençais à souffrir du manque d'air. Au surplus, ma position était loin d'être agréable sous bien d'autres rapports.

« Je rencontrais de temps en temps de gros poissons qui, autant que j'en pouvais juger par l'ouverture de leurs gueules, ne paraissaient pas éloignés de vouloir nous avaler tous deux. Ma pauvre Rossinante était aveugle, et je ne dus qu'à ma prudence d'échapper aux intentions hostiles de ces messieurs affamés. Je continuai donc à galoper, dans le but de me mettre le plus tôt possible à sec.

« Je ne tardai pas à gagner la surface des eaux, et une fois à terre, je me promis bien de ne plus tenter une aventure qui, tout en me laissant de curieux souvenirs, n'avait pas manqué de me causer de cruelles inquiétudes. »

Le baron de Münchhausen, mes chers petits lecteurs, a terminé le récit de ses plus curieuses aventures ; il a éteint sa lumière et s'est endormi : laissons-le se reposer de ses fatigues, il a accompli assez de faits mémorables pour avoir au moins la permission de reposer en paix.

FIN DES VOYAGES ET AVENTURES DU BARON DE MUNCHHAUSEN.

6039-82. CORBEIL. — Typ. et Stér. CRÉTÉ.

www.ingramcontent.com/pod-product-compliance
Lightning Source LLC
Chambersburg PA
CBHW061659180626
46818CB00003B/1167